Les éditions la courte échelle
Montréal • Toronto • Paris

Denis Côté

Denis Côté est né en 1954 à Québec où il vit toujours. Connu surtout comme écrivain pour les jeunes, il écrit aussi pour les adultes et collabore à des revues comme critique littéraire et chroniqueur. Ses romans lui ont valu plusieurs prix, dont le Prix du Conseil des Arts et le Grand Prix de la science-fiction et du fantastique québécois. Certains de ses livres ont été traduits en anglais, en néerlandais et en danois. Jusqu'à maintenant, il a publié onze livres pour les jeunes.

Stéphane Poulin

Stéphane Poulin est né en 1961. En 1983, il remporte la mention des enfants au concours Communication-Jeunesse. Depuis, il a obtenu plusieurs prix. En 1986, il gagne le Prix du Conseil des Arts. En 1988, il reçoit le *Elizabeth Cleaver Award of Excellence* pour l'illustration du meilleur livre canadien de l'année. Et en 1989, il obtient le *Boston Globe Award of Excellence,* prix international du meilleur livre de l'année, ainsi que le *Vicky Metcalf Award for Body of Work,* pour l'ensemble de son travail d'illustrateur. *Les géants de Blizzard* est le quatrième roman qu'il illustre à la courte échelle.

Du même auteur, à la courte échelle

Collection Roman Jeunesse

Les géants de Blizzard

Série Maxime:
Les prisonniers du zoo
Le voyage dans le temps

Collection Roman+

Série Les Inactifs:
L'idole des Inactifs

Les éditions la courte échelle inc.
5243, boul. Saint-Laurent
Montréal (Québec) H2T 1S4

Conception graphique:
Derome design inc.

Dépôt légal, 1er trimestre 1990
Bibliothèque nationale du Québec

Données de catalogage avant publication (Canada)

Côté, Denis, 1954-

    Les géants de Blizzard

    (Roman Jeunesse; 3)
    Pour enfants à partir de 9 ans.

    ISBN 2-89021-126-6

    I. Poulin, Stéphane. II. Titre. III. Collection.

PS8555.083G42 1990   jC843'.54   C89-096501-3
PS9555.083G42 1990
PZ23.C67Ge 1990

Denis Côté

LES GÉANTS DE BLIZZARD

Illustrations
de Stéphane Poulin

Chapitre I

Pour Chrysalide, traverser la ville jus-qu'au lieu de son rendez-vous était une expérience douloureuse. La présence de cette foule écrasante lui faisait mal. Elle sentait les émotions des gens qu'elle croisait, comme si elle savait malgré elle ce qui se passait dans leur coeur. Son pouvoir n'était pas télépathique, car elle ne lisait pas dans les pensées, mais elle percevait les senti-ments. Ceux de la foule l'atteignaient comme autant de flèches. Les passants provenaient de toutes les planètes de la galaxie. Ils transportaient avec eux leurs rêves et leurs souffrances.

Chrysalide marchait vite. Elle craignait de s'évanouir en restant sous cette influence trop longtemps. Ici, elle percevait un in-tense sentiment de haine envers tout ce qui vit. Là, un désespoir profond causé par la pauvreté. Plus loin, un habitant d'une pla-nète éloignée organisait mentalement son prochain crime. Et il y avait aussi cette femme qui en voulait à tous les mâles de la galaxie.

Chrysalide possédait un corps gracieux et fragile. Sa peau était presque transparente, avec parfois une légère teinte de bleu. Son crâne nu luisait sous les lumières de la cité. En ce moment, ses yeux étaient noirs comme à chaque occasion où elle se sentait triste ou attaquée.

Des deux côtés de l'avenue, les marchands et les voleurs étalaient leur camelote. Seuls les riches touristes s'arrêtaient devant les magasins. Au-dessus d'un commerce, un gigantesque écran de télévision présentait le match en cours des Jeux galactiques.

Sur la partie gauche de l'écran, le joueur du Pacte discutait avec ses conseillers. Une panique mal contrôlée se voyait sur les visages. L'un des assistants du maître de jeu vint leur dire qu'il restait vingt minutes avant le prochain mouvement.

La partie droite de l'écran montrait le joueur de la Ghoûl qui se détendait, les yeux fermés et les mains jointes. À côté de lui, ses conseillers s'échangeaient des documents. La voix du speaker retentit clairement dans la rue:

— Je vous rappelle que le représentant de la Ghoûl menace l'une des Tours de son adversaire. Depuis le début de ce match, jamais l'un des opposants ne s'est trouvé en si mauvaise posture.

Au milieu, l'écran présentait la position des pièces sur le jeu d'échecs. Chacun des joueurs avait perdu jusqu'à présent deux pions et un Fou. Deux grands empires militaires s'affrontaient dans ce match: l'enjeu était une petite planète très riche en matières premières. Si l'un des joueurs l'emportait, les habitants de cette planète seraient soumis pour toujours à l'empire vainqueur.

Quelqu'un saisit Chrysalide par le bras. Elle s'arracha péniblement à la main qui la retenait, puis accéléra sa marche. Toute cette agitation autour d'elle l'étourdissait. Elle avait hâte d'arriver à son rendez-vous.

Dans le ciel, les machines de propagande crachaient des injures contre la Ghoûl. Un immense ballon lumineux vantait les mérites des dirigeants du Pacte. Un autre insultait les «tyrans» de la Ghoûl. Ces messages assourdissants effaçaient la rumeur de la foule et enivraient les passants les plus fanatiques. Des groupes hurlaient des slogans en agitant les bras.

Pour Chrysalide, cette haine était si évidente qu'elle pouvait presque la toucher du doigt. Elle se répétait que cette situation ne devait plus continuer. Il fallait absolument faire quelque chose.

Quelqu'un l'arrêta pour lui vendre une arme. Chrysalide voulut s'éloigner, mais l'autre la poursuivit. Affolée, elle se mit à courir en bousculant les gens sur son passage.

* * *

Lorsqu'elle pénétra dans l'étroite salle de réunion, les émotions qu'elle perçut différaient beaucoup de celles du dehors. Ses compagnons se trouvaient tous là. Au nombre d'une vingtaine et provenant tous de planètes différentes, ils étaient assis autour de la table. Comme ce genre de réunions était parfaitement illégal, ils avaient tous peur d'être surpris par les Serviteurs du Pacte. Cela ne les empêcha pas d'accueillir Chrysalide par des sourires et des embrassades.

Chrysalide prit place auprès d'Élée qui dégageait comme toujours la même impression de force. Le corps mince et musclé de la jeune femme mesurait près de deux

mètres.

À un bout de la table, Braal démêlait ses feuilles. Par son intelligence et sa vaste culture, le petit homme s'était naturellement imposé comme animateur de leur groupe. Minuscule, rondelet, Braal possédait une expression joviale et enfantine malgré son âge avancé. Ses habits dissimulaient un duvet abondant qui lui couvrait tout le corps en s'éclaircissant dans la région du visage. Au-dessus des joues roses, les yeux étaient continuellement écarquillés et ne cillaient jamais.

— Mes amis, dit-il de sa voix bourrue, nous sommes ici pour régler les derniers détails de notre plan. Est-il nécessaire de rappeler que ce que nous allons tenter sera peut-être vital pour la galaxie entière?

Il tira sur sa pipe qui ne le quittait jamais.

— Plusieurs ententes sont intervenues entre les deux grands empires qui se partagent la galaxie. Pourtant, le Pacte et la Ghoûl sont toujours en guerre. Cette guerre, bien sûr, a pris la forme apparemment inoffensive d'un jeu d'échecs. Mais l'objectif des deux empires n'a pas changé: chacun veut agrandir sa puissance. Dans ce but, le Pacte a entrepris d'installer sur une planète lointaine son tout nouvel armement. La nature de cet armement est inconnue. Cependant, nous savons qu'une fois prêt à servir, il assurera au Pacte la supériorité militaire dans la galaxie. Le fragile équilibre entre les deux empires sera rompu. Et la galaxie se retrouvera au bord d'une monstrueuse catastrophe.

Les yeux de Chrysalide, de gris qu'ils étaient, devinrent noirs.

— Ce nouvel armement, poursuivait Braal, est terriblement dangereux. Son utilisation risquerait de perturber le mouvement des étoiles, qui finiraient par se heurter les unes contre les autres. En bref, la vie disparaîtrait de notre univers. Ces prévisions, mes amis, ont été faites par un comité d'experts du Pacte. Ce comité a conseillé au gouvernement d'abandonner le projet. Le rapport a été diffusé par quelques organes de presse. Bien des gens sont au courant, mais personne ne réagit.

La voix de Braal avait baissé d'un ton, mais son visage demeurait épanoui.

— Lors de nos dernières rencontres, nous avons décidé de montrer notre opposition par une action audacieuse. Ce plan demandera notre participation à tous. D'abord, trois d'entre nous se rendront sur la planète Blizzard. C'est là que le Pacte est en train d'installer son nouvel armement. Ils tenteront par tous les moyens de nuire aux travaux d'installation. Mais ce n'est pas tout. L'univers entier doit comprendre ce que le Pacte prépare. Il doit savoir que des gens se sont opposés à ce projet. Nous enverrons donc à partir de Blizzard des images des installations. Une équipe restera ici, sur Weena, et s'occupera de la réception de ces images. Voyager vers Blizzard ne sera pas de tout repos, car son accès est prohibé. La route qui y mène fourmille de vaisseaux militaires. De plus, une fois la mission accomplie, il y a de fortes chances pour que nos représentants soient capturés. Ce qui les attend dans ce cas, c'est l'emprisonnement à vie et peut-être même la peine de mort. Ceux qui resteront sur Weena devront éviter d'être surpris par les Serviteurs du Pacte. Si cela arrivait, leur sort ne serait pas plus enviable.

Il y eut un silence dans la salle, puis Élée demanda:

— Vous avez dit que trois d'entre nous doivent atteindre Blizzard. Mais comment feront-ils pour échapper aux navires qui patrouillent dans l'espace?

— J'ai étudié les cartes de la galaxie. Nous devrons passer par une zone inexplorée où, par conséquent, les vaisseaux du Pacte ne se risquent pas. Le problème, c'est que nous ne savons pas quels dangers nous attendent dans cette zone inconnue.

Braal reprit le fil de son exposé:

— Depuis notre précédente rencontre, j'ai pris contact avec un marchand de vaisseaux. Il est prêt à nous céder un appareil pour moins de trois cents svasts. Quant à l'équipement de télédiffusion, il est caché chez l'un d'entre nous. Il nous reste maintenant à déterminer qui m'accompagnera sur Blizzard, puisque vous m'avez déjà désigné la dernière fois. Y a-t-il des volontaires parmi vous, mes amis?

Immédiatement, Élée leva la main:

— Je sais piloter un vaisseau. Et comme je m'y connais en technique, je suis la personne idéale pour le sabotage.

Chrysalide se proposa à son tour:

— Je me porte volontaire, même si je n'ai aucun talent pour ce genre d'expédition.

— Cela est loin d'être sûr! dit Braal en

souriant.

Tout le monde félicita chaleureusement les deux volontaires. Puis Braal les entraîna à l'écart pour discuter des préparatifs.

Chapitre II

Le vaisseau proposé à Braal avait vraiment une drôle d'allure. Long d'une vingtaine de mètres, il ressemblait à un paquet de ferraille. L'une de ses extrémités se divisait en deux cornes pointues. Lors de sa première visite à l'entrepôt, Braal en avait négocié l'achat pour deux cent cinquante svasts. Mais quand il y revint avec Chrysalide et Élée, le marchand exigea quatre fois cette somme. Élée examina l'intérieur de l'appareil en connaisseuse et se déclara finalement satisfaite. Après une brève discussion, ils acceptèrent de débourser le montant. Élée savait que pour ce prix-là, l'achat d'un appareil neuf aurait été possible. Toutefois, il leur aurait fallu passer par le Bureau des Autorisations. Cela n'aurait pas manqué de mettre la puce à l'oreille aux Serviteurs du Pacte. Élée suggéra de donner au véhicule le nom de *Taureau*, à cause des deux cornes qui rappelaient celles d'un boeuf.

Elle pilota le vaisseau jusqu'à un terrain vague où leurs compagnons les attendaient. Au bout de trois heures, le matériel nécessaire à l'expédition avait été transporté à bord. Braal formula ses dernières recommandations et les deux groupes se souhaitèrent bonne chance. *Taureau* décolla.

— Pour cette expédition, dit Braal, j'aurais aimé avoir avec nous des représentants de toutes les planètes, de toutes les races, de tous les sexes. Ainsi, la galaxie entière aurait manifesté son opposition aux plans du Pacte. Mais nous formons quand même une jolie équipe. Trois planètes représentées, trois sexes différents…

— Trois sexes? dit Élée en regardant Chrysalide. Je croyais que tu étais une femelle.

— Sur ma planète, dit Chrysalide, il n'y a ni mâle ni femelle. Ou plutôt, chacun d'entre nous possède les deux sexes à la fois.

Le passage à la douane se déroula sans problème. Braal affirma que ses amies et lui partaient en vacances. Le vaisseau, dit-il, ne transportait que des provisions et du matériel de plein air. Bien entendu, c'était faux: les appareils de télédiffusion avaient été dissimulés dans la coque de *Taureau*.

Le vaisseau quitta rapidement l'atmosphère de Weena et s'échappa du trafic orbital. Plus tard, le regard des trois compagnons se remplit des merveilles de l'espace. Dans la nuit profonde où scintillaient les étoiles, une nébuleuse rose flottait au loin.

Puis un navire du Pacte grossit sur l'écran principal. Sur le tableau de bord, un voyant se mit à clignoter.

— Ils nous demandent de nous arrêter, dit Élée, un peu inquiète.

— Fouille de routine, tout simplement, dit Braal.

— Espérons qu'ils ne trouveront rien.

Élée ancra *Taureau* contre la coque du gigantesque navire. Quatre militaires entrèrent dans le véhicule.

— Simple vérification, dit leur chef pendant que ses collègues se dispersaient dans le vaisseau.

Sur son fauteuil, Chrysalide respirait difficilement et tremblait. Élée prêtait l'oreille au bruit fait par les soldats. Seul Braal conservait son expression joyeuse et ses joues roses. Tout en parlant, le militaire vérifiait les papiers fournis par Braal.

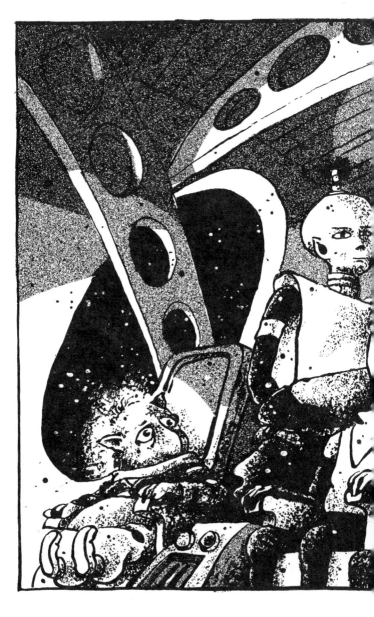

— En ce qui me concerne, tout est en ordre, conclut-il.

Les autres revinrent dans la cabine de pilotage.

— Rien de suspect, dit un des hommes. Sacs de couchage, tente, nourriture.

Elée cessa de retenir sa respiration. Mais le militaire avait remarqué les tremblements de Chrysalide:

— Quelque chose ne va pas?

Les bras serrés autour de son ventre, Chrysalide se pencha en avant. C'est Braal qui répondit:

— Notre amie est légèrement indisposée, en effet. Elle digère mal son déjeuner. Mais rassurez-vous, tout ira bien pour elle. Je suis médecin.

— Je ne m'inquiète pas pour elle. Ce sont les risques de contamination qui me tracassent.

— Il n'y a aucun risque de contamination, je vous assure.

Le militaire hésita un moment. Son attention était fixée sur Chrysalide qui allait de plus en plus mal.

— Soignez-la, dit-il en faisant demi-tour. Je ne veux pas qu'une épidémie se propage dans mon secteur.

Aussitôt, Élée se précipita sur Chrysalide:

— Puis-je faire quelque chose? Tu veux un médicament?

— Non, ça va mieux maintenant qu'ils sont partis.

Sa peau, plus transparente qu'à la normale, ressemblait à du plastique usé. Peu à peu, ses halètements se calmaient.

— Je sens la mort qu'ils traînent avec eux, dit-elle. Celui qui était ici, par exemple, ne doit même plus savoir combien de personnes il a tuées.

Braal, revenu dans la cabine, posa une main sur son épaule:

— Tu devras t'habituer, ma petite Chrysalide. Nous n'avons pas fini d'en rencontrer d'ici la zone inconnue.

Chrysalide sourit.

— Ma petite Chrysalide, dites-vous? Je suis presque deux fois plus grande que vous, Braal.

Braal fit semblant d'être froissé:

— N'exagérons rien, je vous en prie.

Puis il ajouta:

— Si nous écoutions les Jeux galactiques à la radio de bord? Je me demande si le joueur de la Ghoûl a maintenu son avance.

Élée ouvrit le poste. Le commentateur leur apprit que le Pacte avait encore perdu un pion.

— Ces matches me répugnent, dit Élée. Transformer les conflits interplanétaires en un vaste spectacle pour distraire le public! C'est révoltant.

— Vous avez raison, dit Braal. Mais cela vaut peut-être mieux qu'une véritable guerre, avec des blessés et des morts. En s'affrontant dans un jeu d'échecs plutôt qu'avec des armes, le Pacte et la Ghoûl ont limité les pertes de vies humaines.

— D'accord, mais le résultat final est le même: les empires s'agrandissent et le nombre de planètes libres diminue. Et puis ces jeux ne règlent rien. Les empires continuent toujours à fabriquer de nouvelles armes.

Au cours de leur périple vers la zone inexplorée, ils furent arrêtés par une demi-douzaine de patrouilles. Chrysalide contrôla beaucoup mieux son malaise que la première fois. Mais en elle, la souffrance était à peine moins forte.

— À part ce qui est caché, dit Braal à ses compagnes, il a fallu nous munir du strict nécessaire. Les Serviteurs du Pacte sont soupçonneux. S'ils avaient découvert le moindre objet un peu louche, notre expédition se serait arrêtée là.

Chapitre III

Cela faisait près d'une journée qu'ils naviguaient dans l'espace. Comme il restait à peu près une heure avant de parvenir à la zone inconnue, ils en profitèrent pour dîner. C'était leur premier repas à bord du vaisseau. *Taureau* était d'un vieux modèle, mais il pouvait atteindre des vitesses prodigieuses. Cela expliquait l'énorme distance déjà parcourue.

Leur repas prit une allure plutôt insolite. Élée sirota un verre de jus et ne toucha à rien d'autre.

— Notre espèce est constituée de telle façon, dit-elle, qu'on peut se priver de nourriture pendant dix jours.

— Vous pouvez vous passer de sommeil aussi? fit Braal. Vous êtes aux commandes presque sans arrêt depuis vingt-quatre heures. Pourtant, vous me paraissez en pleine forme.

— Je n'aurai pas besoin de dormir avant

deux ou trois jours.

Chrysalide mangea peu et uniquement une sorte d'algues bleuâtres.

— Sur ma planète, notre seule nourriture est cette algue-de-la-vie. Manger le moindre morceau de viande pourrait nous empoisonner.

Braal s'alluma une pipe sans avoir avalé de nourriture. Chrysalide le questionna à ce sujet.

— C'est que, voyez-vous, dit-il, je ne fume pas à proprement parler. Il n'y a aucun tabac dans cette pipe, mais des aliments. Mon espèce se nourrit par les voies respiratoires.

Plus tard, Chrysalide demanda:

— Cette planète Blizzard où l'on va, vous nous avez déjà dit qu'elle était inhabitée. Vous en êtes bien certain?

— Nous ne trouverons sur Blizzard que des militaires et des travailleurs engagés par le Pacte. Comme vous le savez, Blizzard est une planète au climat arctique. Elle est couverte de neige. De terribles tempêtes la balaient constamment, d'où son nom. Aucune forme de vie n'a pu se développer dans un environnement pareil.

— Cette neige et ces tempêtes, dit Élée,

vont justement rendre notre mission encore plus difficile.

Un signal sonore interrompit leur conversation. Élée retourna à son poste.

— Une autre patrouille, dit-elle en consultant les écrans.

«Le Pacte vous appelle, fit la radio. Votre vaisseau s'approche de la zone inexplorée. Nous vous ordonnons de faire demi-tour.»

— Continuez votre route, dit Braal à Élée.

Un second message leur parvint:

«Vous devez faire demi-tour. Si vous refusez d'obéir dans les dix prochaines secondes, nous détruirons votre vaisseau.»

— La zone inconnue est toute proche, dit Braal. Nous devons passer. Poussez les moteurs à fond! Et droit vers la zone inconnue!

Taureau accéléra subitement et dépassa le navire du Pacte.

«Vous venez de commettre une infraction grave, dit la radio. Arrêtez-vous immédiatement ou nous tirons.»

— Notre sort repose sur vos talents de pilote, dit Braal à Élée.

Une seconde, Élée songea à brancher le

pilotage automatique. Mais elle se rappela que l'ordinateur n'était pas assez rapide pour réagir contre des torpilles. *Taureau* fonça vers la zone inconnue en zigzaguant. Une torpille de lumière explosa derrière lui, puis une autre le frôla avant d'éclater beaucoup plus loin.

— Bravo, dit Braal. Vous êtes formidable.

— Chanceuse plutôt, dit Élée en amorçant une trajectoire courbe.

Les torpilles filaient de chaque côté du vaisseau comme une pluie de météorites. Les mouvements désordonnés du véhicule l'empêchaient de naviguer à la vitesse maximale. Pendant ce temps, le navire de patrouille se rapprochait. Élée évita plusieurs autres torpilles avant de crier:

— On ne réussira pas. Si une seule torpille nous touche, on est finis.

Chrysalide s'approcha d'elle et lui effleura la main.

— Je sens la trajectoire des torpilles, dit-elle d'un air mystérieux. Si tu veux, je vais te guider.

Elle ferma les yeux, la main appuyée sur celle d'Élée. Brusquement, elle força sa compagne à virer à gauche et aussitôt une torpille explosa sur la droite. À sa demande, Élée prit ensuite de la hauteur. L'espace s'illumina là où se trouvait *Taureau* une seconde auparavant.

La manoeuvre se poursuivit durant de longues minutes. Puis les torpilles se firent plus rares et bientôt l'attaque cessa complètement. Braal consulta le tableau de bord:

— Nous avons quitté le territoire du Pacte. Nous sommes maintenant en zone inexplorée. Les Serviteurs du Pacte ne nous suivent plus.

— Hourra! cria Élée en serrant Chrysalide contre elle.

Chrysalide retourna à son siège, exténuée.

— Vos pouvoirs sont prodigieux, lui dit Braal. Nous sommes sains et saufs grâce à vous.

— Ne me félicitez pas, dit-elle sombrement. Ce n'est pas toujours drôle de posséder ce «sixième sens», comme vous l'appelez.

* * *

— La radio ne reçoit plus rien, dit Élée. On dirait que les ondes radio ne peuvent pas pénétrer dans cette zone.

— Voilà une des raisons pour lesquelles

personne ne vient ici, dit Braal. Quitter les territoires connus, c'est se retrouver complètement isolé, sans même pouvoir lancer un signal de détresse.

— Ça change quelque chose à notre plan? demanda Chrysalide.

— Aucunement. Il était prévu que nous n'entrerions pas en contact avec nos compagnons avant d'avoir atteint Blizzard. Tout message, même codé, risquerait d'être intercepté par une patrouille.

— Mais les images envoyées à partir de Blizzard! Elles seront captées par les Serviteurs du Pacte?

— En effet. C'est, entre autres, ce qui rend notre expédition si périlleuse. En découvrant l'origine de l'émission, les Serviteurs du Pacte sauront exactement où nous sommes.

Le vaisseau progressait dans la zone inconnue depuis une heure. Jusqu'à présent, le décor variait peu: c'était le vide, une obscurité monotone, inquiétante, où des étoiles lointaines brillaient faiblement.

— Écoutez, dit Chrysalide tout à coup. N'entendez-vous pas? Cette musique. Une mélodie merveilleuse qui vient de partout à la fois.

— Oui, je l'entends, dit Élée. C'est extraordinaire.

Braal planta son petit doigt dans son oreille et se mit à le secouer:

— Mais je n'entends rien, moi. Suis-je déjà sourd à cent vingt-deux ans? Ah si! je perçois quelque chose. Oh, vous avez raison: c'est très beau. On dirait un choeur.

— Ce que je ne comprends pas, dit Élée, c'est comment cette musique parvient jusqu'à nous. J'ai débranché la radio. C'est à croire que la musique se propage dans l'espace. Serait-elle assez puissante pour traverser la coque du vaisseau?

— Impossible, dit Braal. Il n'y a pas d'air dans l'espace, donc le son ne peut s'y propager.

Les yeux bleus de Chrysalide se remplirent de larmes qui coulèrent sur ses joues. Elle s'assit et Braal lui caressa tendrement la nuque.

— Le chant de l'espace, dit-il. C'est plus beau que tout ce que j'ai jamais entendu.

Ils écoutèrent longtemps sans penser à autre chose, sans parler. Lorsque la musique s'éteignit, ils gardèrent le silence.

* * *

Plus tard, une secousse ébranla le véhicule. Puis une seconde, et une troisième.

— C'est comme si des objets massifs avaient frappé le vaisseau, dit Élée.

Il y eut de nouveaux chocs, puis Chrysalide dit avec inquiétude:

— Je sens la présence d'êtres vivants autour de nous. Ils sont tout près.

— On va vérifier ça, dit Élée.

Elle dégagea les caméras extérieures qui se mirent à explorer les alentours immédiats du vaisseau. Les écrans montrèrent une dizaine d'êtres repoussants qui s'accrochaient à la coque. Protégés par une carapace luisante, ils possédaient d'innombrables pattes ainsi qu'une paire de mandibules.

— On dirait des insectes, fit Élée. Des insectes immenses.

— Comment survivent-ils dans l'espace? dit Braal. Sans air, sans chaleur, sans nourriture...

L'un des insectes enfonça ses mandibules dans la coque et en arracha un morceau avec facilité.

— Sans nourriture, avez-vous dit? fit Élée. Voilà de quoi ils se nourrissent: de métal. Ils sont en train de dévorer *Taureau*.

— Mais il faut les en empêcher, vite! dit Braal. S'ils réussissent à percer le moindre trou à travers la coque, nous sommes morts! Détruisez-les, Élée, sans perdre un instant.

— Non! hurla Chrysalide.

Élée et Braal la regardèrent, étonnés.

— Ce sont des êtres vivants. Ne les tuez pas, je vous en prie.

Quatre des monstrueux insectes s'attaquaient maintenant au métal.

— Ce sont eux ou nous, dit Braal avec désespoir. Nous ne pouvons pas les laisser nous tuer.

— Eux ou nous, voilà ce que disent aussi le Pacte et la Ghoûl.

Le front ruisselant, Élée attendait l'ordre de Braal. Le petit homme prit une décision:

— Est-il possible de leur envoyer une décharge électrique, juste assez forte pour les éloigner?

Élée enfonça un bouton. Sur l'écran, les insectes se détachèrent immédiatement du vaisseau. Puis ils restèrent à courte distance, immobiles dans le vide. Mais leur surprise passée, ils se réinstallèrent et les mandibules recommencèrent leur travail. Élée fit passer un courant continu à travers la coque. Les insectes s'éloignèrent encore une fois. Ils tentèrent bien de reprendre leur position, mais le choc électrique les en empêcha. Ils répétèrent leur tentative, en vain, puis se contentèrent d'escorter *Taureau* dans sa course. Finalement, ils s'en allèrent un à un.

— Le tableau de bord n'indique aucun dommage sérieux, dit Élée.

— Vous ne m'en voulez pas trop? demanda Chrysalide.

— D'un certain point de vue, dit Braal, vous nous avez empêchés de commettre un meurtre. Il suffisait de leur faire peur. Au contraire, je vous remercie de votre intervention, Chrysalide. Vous êtes indispensable à cette mission.

Chapitre IV

Peu après, plusieurs points apparurent sur les écrans et Élée crut qu'il s'agissait d'une patrouille. La forme des objets se précisa au fur et à mesure de leur approche: ils étaient fuselés et devaient avoir à peu près la même taille que *Taureau*. Élée tenta de communiquer avec eux, mais elle ne reçut aucune réponse.

Puis Chrysalide fit remarquer que les vaisseaux ondulaient en se déplaçant. Élée analysa les objets à l'aide des sondes. Elle comprit que les vaisseaux étaient en réalité des êtres vivants.

— Ce sont des poissons, dit Chrysalide, émerveillée. Ils nagent dans l'espace comme les poissons dans l'eau.

Les formes fuselées tournoyaient maintenant autour de *Taureau* en s'entrecroisant, dans un ballet gracieux et inattendu. Elles ne manifestaient aucune agressivité, bien au contraire. Leur intérêt pour le vaisseau semblait dicté par la curiosité et même par un vague désir de communication. D'après Braal, ces êtres s'apparentaient aux Cétacés dont font partie les dauphins et les baleines. Des reflets argentés dansaient sur leur corps, tandis que leur queue et leurs nageoires antérieures remuaient doucement. Mais contrairement aux mammifères marins, ces baleines de l'espace étaient dépourvues d'organes visuels ainsi que de mâchoires.

L'un des animaux frôla le véhicule, dans un mouvement qui évoquait une caresse. Les autres l'imitèrent chacun leur tour. Ils accompagnèrent *Taureau* durant près d'une demi-heure. Puis ils s'en détachèrent ensemble comme si la prudence ou l'instinct leur interdisait de continuer.

*   *   *

— Qu'est-ce qui nous garantit que beaucoup de gens verront les images qu'on va filmer sur Blizzard? demanda Chrysalide à Braal.

— Nos compagnons restés sur Weena ont pour tâche de capter en secret ces images et de les enregistrer. Notre groupe a certains contacts avec des journalistes. Il ne sera donc pas trop difficile de fournir les films à différents média d'information. La nouvelle sera très vite connue du public, j'en suis persuadé.

— Je me demande si ce sera suffisant pour le faire réagir.

— C'est ce que nous verrons, Chrysalide.

L'espace dans lequel évoluait maintenant *Taureau* se transformait. Sur le fond noir de la nuit, des taches de couleurs se répandaient et s'entremêlaient. Puis, immédiatement après leur apparition, ces taches se figeaient, comme congelées par le froid de l'espace. À l'état solide, les couleurs ressemblaient à des blocs de cristal qui se croisaient. De nouvelles teintes se composaient constamment.

— Très joli, dit Élée, mais ces blocs de cristal se forment trop rapidement. On risque d'en frapper un avant d'avoir eu le temps de réagir. Je vais actionner le pilotage automatique. L'ordinateur du vaisseau devrait nous faire éviter les obstacles.

Les trois compagnons ne pouvaient arracher leur regard des écrans. Les fragments de cristal se multipliaient, rendant la navigation de *Taureau* de plus en plus difficile. À tout moment, le véhicule devait contourner un bloc de couleur qui n'existait pas une seconde auparavant. Cette menace, pourtant, ne diminuait en rien la splendeur du spectacle.

— La coque de *Taureau* a subi une avarie, fit Élée qui étudiait le tableau de bord.

Elle s'informa auprès de l'ordinateur.

— Le revêtement extérieur est en train de se transformer en cristal. Et le processus s'accélère. D'ici quelques minutes, tout le vaisseau sera atteint.

Braal enfonça rapidement une série de touches et attendit la réponse de l'ordinateur.

— Ces couleurs sont une sorte de maladie de l'espace, dit-il. Une plaie infectée. Tout ce qui passe trop près s'en trouve contaminé.

La vitesse de *Taureau* avait encore diminué devant la multiplication des cristaux sur sa route.

— Il faut faire quelque chose, dit Élée en voyant que la paroi intérieure de la cabine changeait de couleur.

Les murs devenus transparents répandaient une lumière jaune dont l'intensité

augmentait sans cesse. Des étincelles entouraient à présent les trois compagnons, debout au milieu de la cabine.

— Regardez, dit Braal. Chrysalide est en train de… de devenir du cristal!

Baissant les yeux vers sa poitrine, Chrysalide se regarda avec horreur. Les organes internes de son corps apparaissaient à travers ses habits. Son coeur battait précipitamment entre les poumons. Le corps de Chrysalide évoquait de plus en plus un mannequin de verre.

— Atteinte comme le vaisseau, dit Braal, et pourtant elle vit. Comment vous sentez-vous, Chrysalide?

— J'ai peur, répondit-elle.

La contamination venait de frapper Braal et Élée qui devenaient transparents à leur tour. Paralysés par la peur, ils évitaient de faire un geste. Puis Chrysalide recula afin de s'adosser au mur. Dans un mouvement à peine trop brusque, sa main heurta un appareil. Il y eut un bruit de verre brisé et un petit objet se fragmenta en touchant le sol. Chrysalide leva la main devant son visage. L'auriculaire manquait.

— On est devenus fragiles comme le verre ou le cristal, dit Élée. Au moindre choc, on risque de se casser quelque chose. Braal, vous êtes médecin. Ne pouvez-vous pas trouver un remède contre cette maladie de l'espace?

— Je ne suis pas médecin. J'ai menti aux Serviteurs du Pacte l'autre jour pour qu'ils nous laissent tranquilles.

Ils demeuraient immobiles, contrôlant mal leur affolement. Seule leur poitrine remuait avec régularité, et aussi leurs yeux qui surveillaient l'évolution du phénomène.

— J'ai peut-être une idée, dit Braal. Mais c'est risqué. Le verre peut se briser sous l'effet d'un son très aigu, n'est-ce pas? Si nous commandons à l'ordinateur d'émettre le son approprié, ces couleurs devraient normalement éclater en mille miettes.

— D'accord, mais on risque d'éclater aussi puisqu'on est devenus du cristal nous-mêmes.

— Pas si le son est émis uniquement à l'extérieur.

— Mais *Taureau*, lui, pourrait éclater. Et puis vous l'avez déjà dit vous-même, le son ne se propage pas dans l'espace.

— Cette loi ne tient pas dans la zone inexplorée: rappelez-vous la musique que nous avons entendue. Par ailleurs, *Taureau* peut s'en tirer indemne à une condition: si les sons aigus sont envoyés directement devant lui, de manière à lui dégager la route.

Élée prit à peine le temps de réfléchir:

— Ça peut marcher. Je l'essaie tout de suite.

Elle s'avança jusqu'à l'ordinateur à pas comptés. Puis elle pianota sur l'appareil, très délicatement afin de ne briser ni ses doigts ni les touches du clavier. Elle appuya sur un dernier bouton. Les écrans montrèrent le tunnel qui venait de se former à travers les blocs de couleurs.

— Ça fonctionne! dit-elle. Braal, vous êtes un génie!

La voie devant *Taureau* était libérée. Élée reprit les commandes du vaisseau et augmenta sa vitesse. Même si aucun bruit n'était perceptible, le faisceau sonore remplissait bien sa fonction.

— *Taureau* vient de se dégager complètement, dit Élée. Les couleurs sont derrière nous.

Peu à peu, le corps des trois amis retrouvait sa consistance et son aspect coutumiers. Bientôt, ils purent bouger comme auparavant.

— La contamination n'était que temporaire, dit Braal. Nous ne saurons jamais quelle était la raison de ce phénomène. Mais je suis drôlement content d'en être éloigné.

Pendant qu'Élée et Braal s'affairaient, Chrysalide fixait les yeux sur sa main amputée d'un doigt. Une cicatrice s'était déjà formée à l'endroit de la cassure.

Chapitre V

La traversée de la zone inconnue avait duré trois jours. Lorsque *Taureau* retrouva l'espace connu, Braal exprima son soulagement par des tapes amicales dans le dos de ses compagnes.

— Nous ne sommes toutefois pas au bout de nos peines, dit-il. Sortir de la zone inexplorée signifie affronter de nouveau le Pacte.

— Comment évitera-t-on les patrouilles cette fois? fit Élée. Il doit y en avoir beaucoup autour de Blizzard.

— Pas autour de Blizzard. Je sais qu'une flotte de navires bloque l'accès du côté opposé à celui-ci. Le Pacte ne s'attend à aucune visite venant de la zone inconnue. Aucune défense spéciale n'a donc été organisée par ici.

— Mais ils vont découvrir notre présence dans l'atmosphère de Blizzard? dit Chrysalide.

— Bien sûr. Ils possèdent d'excellents systèmes de détection. C'est pourquoi, aussitôt posés au sol, nous nous éloignerons de *Taureau* le plus vite possible. Des patrouilleurs seront certainement envoyés à sa recherche.

Chrysalide manifesta son inquiétude par un silence prolongé. Plus tard, la proximité d'un système solaire fut signalée par les sondes. Étudiant les cartes de cette portion de l'espace, Élée dirigea le véhicule vers Blizzard. Braal ne s'était pas trompé: aucune patrouille ne croisa leur route et ils atteignirent l'atmosphère de la planète sans difficulté.

Une tempête faisait rage à leur arrivée. Le vent frappé de démence charriait des tonnes de neige. Malgré la visibilité nulle, *Taureau* put éviter les pics montagneux grâce à son système radar.

— Il semble que ce soit toujours comme cela par ici, dit Braal. Une tempête succède à une autre.

Élée fit descendre le vaisseau dans un défilé entre deux montagnes. *Taureau* glissa sur la surface blanche en projetant la neige tout autour de lui. Élée coupa progressivement les moteurs. Le véhicule emporté par son élan dérapa sur une centaine de mètres avant de s'arrêter.

— Il faut sortir, dit Braal. Les Serviteurs du Pacte sont sans doute déjà à la recherche de *Taureau*.

Élée tira de sa cachette l'équipement de télévision qu'elle traîna dans la soute à bagages. Ils revêtirent ensuite une combinaison qui les protégerait du froid. Puis ils chaussèrent des bottes très larges et très pesantes. Ces chaussures spéciales les empêcheraient de s'enfoncer dans la neige. Braal répartit en trois le matériel et la nourriture, et chacun endossa un havresac. Élée porterait la charge la plus lourde.

Elle déverrouilla la porte et aussitôt la neige et le vent s'engouffrèrent dans le véhicule. Un mugissement plaintif avait en même temps remplacé le silence. Ils abaissèrent leurs lunettes de protection et sautèrent dans la neige amoncelée autour de *Taureau*.

Braal, qui avait étudié les cartes géographiques de la planète, tendit le bras vers la gauche. Leur avance était ralentie par l'épaisseur de la neige et la puissance du vent. De plus, communiquer par la parole était le plus souvent impossible. Les plaintes de la tourmente effaçaient tout autre bruit. Braal portait au poignet une boussole munie d'un minuscule ordinateur. Sans cet appareil, ils auraient déjà pu se considérer comme perdus.

Au bout d'une heure, ils se reposèrent à l'abri d'un rocher englouti sous la neige. Cette marche courte mais harassante leur avait paru presque plus pénible que leur long séjour dans la zone inconnue.

Comme Chrysalide semblait soucieuse, Élée lui demanda si elle percevait quelque chose d'anormal.

— Je ne sais pas, fut la réponse. C'est curieux… Je ne sens rien de précis, mais…

Elle se tut. Braal et Élée s'interrogèrent du regard.

Les rafales s'étaient apaisées lorsqu'ils reprirent la route. Un peu avant la tombée de la nuit, l'entrée d'une grotte attira leur attention. Ils s'engagèrent dans le boyau qui allait en s'élargissant. Après une dizaine de mètres, le niveau de la neige commença à baisser. Ils purent donc installer leur campement sur un sol assez ferme. Élée se proposa pour monter la garde toute la nuit.

*   *   *

Chrysalide ne dormait pas quand Élée s'approcha pour la réveiller. Elle remarqua tout de suite la peur sur son visage.

— Il y a quelque chose dehors, dit Élée en secouant Braal.

Le petit homme se dressa péniblement.

— J'étais sortie pour voir si la tempête se calmait et j'ai vu des êtres bouger.

— Des êtres! fit Braal. Quelle sorte d'êtres?

— Je ne sais pas. Venez voir vous-même, vous aurez peut-être une explication.

Lampe à la main, Élée conduisit ses compagnons vers la sortie. Chrysalide suivait avec intérêt, tandis que Braal ne cessait de maugréer.

— Des êtres! dit-il. Pourquoi pas une aurore boréale ou des arbres fruitiers? À part le personnel du Pacte et nous trois, il n'existe aucun être vivant sur Blizzard!

— Vous vous trompez, Braal, dit soudain Chrysalide. Depuis qu'on a quitté *Taureau*, je sens une présence autour de nous.

Braal se figea sous l'effet de la surprise:

— Mais vous auriez pu le dire plus tôt!

— Je n'étais pas sûre. Ce que je perçois

est si bizarre.

Élée éteignit la lampe, car ils étaient arrivés à l'entrée de la grotte. Ils prirent soin de demeurer cachés derrière une butte. La tempête s'était adoucie, il ne neigeait plus. La visibilité restait cependant mauvaise. Dans l'obscurité de la nuit, le vent continuait à soulever la neige.

— Je ne vois rien de particulier, dit Braal.

— Moi non plus, dit Chrysalide, mais je sens plusieurs présences.

— Agressives? dit Élée.

— Je suis incapable de préciser. On dirait qu'il y a un écran entre elles et moi. Je crois pourtant qu'il y en a des milliers. Ou des millions.

— Voyons! dit Braal. Elles ne peuvent pas être si nombreuses sans que nous les apercevions.

— En voilà toujours une, chuchota Élée.

À travers la poudrerie, une forme s'était avancée, d'une stature colossale et aux contours encore indéfinis. Elle se tenait à présent à une centaine de mètres de la grotte. Une soudaine diminution du vent permit de distinguer deux taches verdâtres sur sa partie supérieure. Le trio eut aussi le temps de remarquer que la silhouette était vaguement humaine.

— Cela possède des yeux, vous avez vu? fit Braal. Des yeux verts.

— Qu'est-ce que ça peut être? dit Élée. Un habitant de Blizzard?

— Cette planète est inhabitée, je vous le répète. Mes informations sont incontestables à ce sujet.

La forme s'approcha encore en se mouvant d'un seul bloc. Derrière elle, deux êtres semblables apparurent. Leur regard était aussi inquiétant.

— Ce sont probablement des alliés du Pacte, dit Braal. Des robots ou des animaux transportés ici pour servir de gardes.

Il y en avait maintenant une quinzaine groupés à bonne distance du trio. Braal s'adressa à Chrysalide:

— Percevez-vous quelque chose de plus précis?

— J'ai toujours la sensation qu'ils sont très nombreux, mais le reste est embrouillé. Je crois qu'ils sont réceptifs, c'est pourquoi j'essaie de communiquer avec eux.

— Pour leur dire quoi?

— Qu'on ne leur veut aucun mal. Et aussi pour leur dire de s'en aller, parce

qu'ils nous font peur.

— S'ils sont ici pour chasser les intrus, dit Élée, ta demande va tomber à plat.

Le nombre des géants continuait d'augmenter. Ils n'avaient toujours émis aucun son, ce qui les rendait encore plus menaçants. Les trois compagnons pouvaient distinguer un peu mieux les plus rapprochés. D'une hauteur de six mètres environ, ils ressemblaient à des êtres humains. Toutefois, leur tête s'enfonçait bizarrement dans les épaules. Autre détail: leur face était dépourvue de nez et de bouche. Les yeux seuls s'y dessinaient, immenses et verts. Bras et jambes demeuraient indistincts, sans doute même n'en possédaient-ils pas. Enfin, la peau de ces êtres évoquait la neige, par sa couleur et par son aspect granuleux.

— Allez-vous-en, murmura Chrysalide qui avait fermé les yeux. Allez-vous-en. On n'est pas venus ici pour vous faire du mal.

— Impossible de fuir, dit Élée, car ils nous encerclent. Le mieux serait de retourner dans la grotte. Ils sont trop grands pour y entrer.

Sous la neige qui s'était remise à tomber, les géants ne bougeaient plus. Leurs regards s'additionnaient pour n'en constituer qu'un seul, froid et lourd.

Élée secoua Chrysalide et l'entraîna vers l'intérieur de la grotte. Au moment de s'y engager, ils jetèrent un dernier coup d'oeil en direction des formes blanches. La tempête revenue leur enleva d'abord toute possibilité de voir. Puis le vent parut retenir son souffle et ils comprirent que leurs mystérieux visiteurs avaient disparu.

— Partis! fit Braal. Voilà qui est étonnant.

— Peut-être pas tant que ça, dit Élée. Je crois qu'ils ont capté le message de Chrysalide.

Inquiétés par la présence de ces géants, Chrysalide et Braal ne dormirent plus que d'un oeil. Élée continua de monter la garde.

Chapitre VI

Le lendemain, ils reprirent leur marche dans la tempête. Vers midi, un ou deux kilomètres seulement les séparaient de la base du Pacte, d'après les calculs de Braal. Mais, dans les conditions météorologiques où ils marchaient, même une distance aussi courte avait de quoi décourager.

— J'éprouve la même sensation qu'hier, dit Chrysalide quand ils furent à l'abri d'un rocher. Comme s'il y avait des milliers de gens autour de nous.

Depuis la précédente nuit pourtant, les géants ne s'étaient pas montrés.

— Ils sont là, j'en suis certaine. Des milliers.

— Ils ne semblent pas vouloir attaquer, dit Braal. Pour l'instant, je propose de ne pas nous occuper d'eux, quitte à redoubler de prudence.

L'obscurité grandissante les força à établir leur campement pour la nuit. Cette fois-ci, aucune grotte ne s'offrit à eux. Ils durent donc monter leur tente au coeur même de la tempête. La tente était petite et n'aurait pu contenir plus de trois personnes. Braal se confondit en excuses quand la fumée de sa pipe fit tousser Chrysalide. Comme il l'expliqua, il lui fallait absolument se nourrir, car il était à bout de forces.

Élée monta encore la garde pendant la nuit. À intervalles réguliers, elle sortait de la tente pour s'assurer que personne ne s'apprêtait à les surprendre. Au retour d'une de ces sorties, elle trouva Chrysalide bien éveillée.

— Tu n'as rien vu dehors? demanda Chrysalide.

— Rien.

Chrysalide se plongea dans le silence. Avec délicatesse, elle passa la main sur la neige qui tapissait le fond de la tente. Puis, examinant les flocons dans sa paume, elle finit par dire:

— C'est étrange. Cette neige sur ma main, elle ne fond pas. Regarde.

En effet, les cristaux accumulés demeuraient intacts au lieu de se transformer en eau.

— Curieux, dit Élée. La neige de cette

planète a sans doute des particularités qu'on ne connaît pas.

Au matin, Braal n'avait pas d'explication à fournir au sujet des cristaux de neige:

— Ce n'est pas le premier mystère depuis le début de notre expédition. Concentrons-nous plutôt sur notre objectif d'aujourd'hui qui est d'atteindre la base du Pacte.

Ils démontèrent la tente et poursuivirent leur chemin dans la direction indiquée par le mini-ordinateur. À deux reprises, Chrysalide signala la proximité de patrouilleurs, ce qui leur évita d'être repérés. Vers la fin de l'après-midi, ils arrivèrent à un endroit où le sol s'abaissait en pente douce. De rares éclaircies dans la tempête leur permirent d'entrevoir au loin des véhicules tout terrain.

— Nous sommes arrivés, dit joyeusement Braal. Le Pacte a édifié sa base dans cette vallée qui s'étend devant nous. Nous y sommes enfin parvenus, c'est formidable!

La descente fut difficile. Aussi, c'est dans un état d'extrême fatigue qu'ils arrivèrent au bas de la pente.

Braal sortit des jumelles de son sac et tenta de mieux distinguer les installations.

Mais la distance était encore trop grande. Au déclin du jour, un kilomètre les séparait encore de leur objectif. Ils dressèrent la tente, puis la camouflèrent tant bien que mal en la recouvrant de neige. Ensuite, Braal observa à l'aide des jumelles les activités qui se déroulaient non loin d'eux.

— Les installations sont encore rudimentaires. On dirait qu'ils viennent juste de commencer à travailler. C'est anormal, puisqu'ils sont ici depuis plus d'un an.

En dépit des bourrasques, Élée put se faire à son tour une bonne idée de la situation. Deux bâtiments seulement paraissaient achevés, sans doute ceux qui servaient à abriter le personnel. Par contre, de nombreux autres édifices n'étaient encore que des squelettes de métal enfoncés à demi dans la neige. C'était justement cette neige qui donnait le plus de mal à ceux qui travaillaient. L'essentiel de leurs efforts semblait consister à déblayer plutôt qu'à construire. Selon l'estimation d'Élée, le nombre de travailleurs devait s'élever à plusieurs centaines.

— Ces gens ne travaillent pas de leur plein gré, dit-elle tout à coup. Des gardiens armés les surveillent.

Braal reprit vivement les jumelles:

— Vous avez raison. Ce sont des prisonniers ou des esclaves. Cela va à l'encontre de toutes les conventions signées entre les deux empires. Cette nouvelle va faire du bruit quand toute la galaxie sera au courant.

— Cela pourrait faciliter notre tâche, vous ne pensez pas?

— Exact. Quand nous nous infiltrerons dans la base, ces esclaves n'auront aucune raison de dénoncer notre sabotage. Ils croiront peut-être que nous faisons partie d'un commando venu les délivrer.

— Je me demande si le sabotage sera utile vu l'état des travaux. Ne serait-il pas plus profitable de rallier ces gens à notre cause?

— Nous pouvons essayer.

Devant le silence prolongé de Chrysalide, Braal lui demanda:

— Vous sentez toujours la présence des géants de neige?

— Oui. Mais quelque chose a changé, comme si je les percevais mieux maintenant. Ils ne nous feront rien, Braal. Ils ne nous empêcheront pas d'agir.

— En effet, ils auraient eu l'occasion d'intervenir depuis longtemps.

— Ces êtres, j'ai confiance en eux. Ils…
ils sont nos amis. J'en suis sûre, je le sens.

Déconcertés par cette affirmation, Braal
et Élée attendirent que leur compagne
s'explique. Chrysalide ne trouva sans
doute pas les mots pour les convaincre,
car elle se tut.

Sur la base, le travail continua toute la
nuit dans la lumière des projecteurs.

Chapitre VII

Il fallut peu de temps au trio pour parvenir tout près des installations. Autour des bâtiments en construction, les tranchées creusées par les souffleuses se comblaient au bout de quelques minutes. Çà et là, des pelleteuses en panne disparaissaient sous la neige. Les esclaves se relayaient aux commandes des véhicules de terrassement, épuisés par les efforts accomplis en vain.

— On dirait que le Pacte a mal choisi sa planète pour installer son nouvel armement, dit Élée. D'après ce qu'on voit, jamais ils ne viendront à bout de cette neige.

— La position de Blizzard dans la galaxie en fait un choix idéal pour l'empire du Pacte. Voilà pourquoi les travaux ici n'ont pas cessé même si à première vue ils n'avancent pas.

Élée sortit de son sac le matériel de télévision et commença à le monter. Ce travail terminé, Braal dit:

— J'ai réfléchi à votre suggestion, Élée. Le sabotage est inutile, c'est vrai. Les installations ne sont pas assez avancées. Voici donc ce que je propose. Vous, Élée, resterez ici à filmer les activités de la base. Pendant ce temps, Chrysalide et moi, nous nous infiltrerons parmi les esclaves. Nous pourrons alors les mettre au courant de notre entreprise. J'ai calculé qu'il faudra au plus une demi-heure aux militaires pour identifier l'origine de l'émission. Après une vingtaine de minutes donc, abandonnez les appareils et pénétrez dans la base à votre tour. Notre groupe sur Weena aura capté suffisamment d'images pour confectionner un document valable.

Élée et Chrysalide acceptèrent ce plan.

— Bon, dit Braal. Il nous reste maintenant à communiquer avec nos compagnons. J'espère que tout s'est bien passé pour eux.

— On se trouve très loin d'eux en ce moment, fit Chrysalide. Vous êtes sûr qu'ils vont capter notre émission malgré la distance?

— Il y a d'excellents techniciens dans notre groupe. Certains avaient comme tâche d'installer des relais de transmission en divers points de l'espace. Si cela a été fait, nous ne devrions avoir aucune difficulté à les joindre.

L'un des appareils émit un grésillement. Braal porta le micro à ses lèvres et, en langage codé, il dit:

— Émetteur Blizzard appelle Récepteur. Ici Braal. Sommes prêts à émettre. Attendons votre signal.

La réponse ne se fit pas attendre:

— Ici Récepteur. Vous avez donc réussi à atteindre la base? C'est fantastique! Ici, tout va bien. Comment allez-vous de votre côté?

— Nous allons très bien, mais notre temps est compté. Vous êtes prêts à recevoir les images?

— Tout est en place. Émettez quand vous voudrez.

Élée promena l'objectif de la caméra sur les installations encombrées de neige.

— Réception excellente, dit la voix.

Puis elle ajouta:

— Ici, tout le monde vous souhaite bonne chance.

Un moment s'écoula. Chrysalide dit enfin:

— Quelles sont nos chances, Braal, de sortir d'ici vivants?

— Je ne saurais dire. Notre espoir, c'est que la diffusion des images dans la galaxie fera réfléchir les gens. Cela forcera peut-être le Pacte à nous relâcher.

— Oui, l'espoir. Tout est là.

Élée étreignit ses compagnons, puis Braal et Chrysalide se faufilèrent en direction de la base. À cause des intempéries, ils purent s'en approcher sans se faire voir des militaires. Braal désigna un groupe d'esclaves qui s'acharnaient à déblayer un véhicule et ils rampèrent vers eux. Ensuite, profitant de l'inattention du gardien, ils se mêlèrent au groupe. Les esclaves provenaient de différentes planètes. À ceux qui s'aperçurent de la manoeuvre, Braal fit signe de ne rien dire.

Dans les minutes qui suivirent, Chrysalide et lui tentèrent de faire connaître le but de leur mission. Cela n'était pas facile. Ils devaient parler assez fort pour dominer le vent, mais assez bas pour ne pas être entendus du gardien. Les prisonniers leur accordèrent néanmoins leur confiance assez rapidement. Braal apprit qu'ils avaient été enlevés et conduits sur Blizzard pour y travailler.

— Vos travaux ne progressent pas, dit-

il. Vous avez tellement de difficulté avec la neige?

— Dès notre arrivée, on a construit la résidence pour les soldats et la prison pour nous. Ensuite, plus rien n'a été possible. Depuis des mois, on se bat contre le mauvais temps. On dirait que la neige le fait exprès. Elle envahit tout, réussit à tout paralyser.

— On travaille comme des animaux, dit un autre. Des dizaines de prisonniers sont morts depuis que les travaux ont débuté.

— Et vous ne vous révoltez pas?

— La plupart d'entre nous n'attendent qu'une occasion pour agir. Mais vous avez vu la quantité de soldats qu'il y a ici? Des rumeurs circulent depuis une semaine. Le commandant songerait à interrompre les travaux. On se demande ce qu'ils vont faire de nous par la suite.

Braal demanda s'ils avaient déjà vu des géants de neige autour de la base.

— Et comment! Ils sont apparus il y a un mois à peu près. La plupart du temps, ils viennent la nuit et rôdent autour des installations. On en a eu bien peur au début, mais ils ne paraissent pas vouloir nous attaquer. Je crois qu'ils inquiètent bien davantage les militaires.

— C'est courageux, ce que vous faites, dit un troisième à Braal. Nous aussi, ça nous dégoûte, de travailler à la préparation d'une guerre. Mais vous vous êtes jetés dans la gueule du loup. Vous auriez dû rester chez vous pendant que vous étiez encore libres.

L'arrivée subite de nombreux militaires dans la base attira l'attention de tout le monde. Ils ramenaient un prisonnier que Braal et Chrysalide reconnurent avec surprise. C'était Élée.

— Que s'est-il passé? demanda Chrysalide.

— Ils ont certainement détecté l'emplacement de nos appareils plus tôt que prévu. Élée n'a même pas eu le temps de s'éloigner.

Élée, qui se débattait vigoureusement, fut entraînée dans un large espace libre au milicu de la base. Quelques soldats pénétrèrent dans l'un des édifices. Tous les autres se placèrent pour mieux surveiller les esclaves. Celui qui devait être le commandant sortit et s'approcha de la prisonnière. L'un des soldats pointa alors son arme vers elle et le commandant parla dans un porte-voix:

— Cette espionne a été capturée à proximité de la base. Nous sommes persuadés que ses complices se sont introduits ici. C'est à eux que je m'adresse. Si, d'ici une minute, vous ne vous êtes pas constitués prisonniers, je donnerai l'ordre d'abattre cette femme.

À cette annonce, la plupart des esclaves réagirent par la stupeur. Certains entourèrent Braal et Chrysalide afin de les dissimuler.

— Je suis sûr qu'ils ne la tueront pas, dit Braal. Ils préféreront l'interroger d'abord.

— Vous avez peut-être raison, répondit Chrysalide, mais est-ce qu'on peut courir le risque?

Braal répondit aussitôt:

— Non, nous ne le pouvons pas.

Suivi de Chrysalide, il s'écarta des prisonniers pour se diriger vers le commandant. Des soldats les encerclèrent et les poussèrent avec rudesse. Le commandant les aperçut, attendit encore un peu, puis retourna au bâtiment. Partout, les militaires ordonnaient de reprendre le travail.

— Ils m'ont prise au moment où j'abandonnais la caméra derrière moi, expliqua

Élée à ses amis.

Conduits dans le bureau du commandant, ils refusèrent de répondre à ses questions. L'officier s'emporta:

— Cette base appartient à l'empire du Pacte et son accès est interdit. Votre simple présence sur cette planète constitue un crime sans précédent. Si vous refusez de collaborer, nos spécialistes en interrogatoire s'occuperont de vous. Et vous savez sans doute que jamais personne n'a pu leur résister.

Il fit un signe à ses hommes.

— Jusqu'à nouvel ordre, je vous considère comme des agents au service de la Ghoûl. Vous serez donc traités en espions. L'interrogatoire d'abord, le châtiment ensuite. Et le châtiment dans les cas d'espionnage, vous ne l'ignorez pas, c'est la mort.

Les gardes se saisirent des captifs. Chrysalide réagit comme si elle avait reçu un coup à l'estomac et porta la main à sa bouche. Élée essaya de se libérer de ses gardiens. Un militaire força Chrysalide à se redresser. Elle ne parlait pas. Des larmes coulaient sur ses joues.

— C'est la présence des Serviteurs du

Pacte, murmura Braal à Élée. Vous savez comme elle les supporte difficilement. Ce que nous a dit cet homme n'est pas non plus très réjouissant.

Élée cherchait à s'approcher de Chrysalide. D'autres soldats se ruèrent pour l'immobiliser.

— Elle est malade, vous ne voyez pas? Soignez-la, faites quelque chose.

Ignorant cette demande, les gardes emmenèrent les captifs à l'extérieur.

Chapitre VIII

Sur la base, le vent soufflait de plus en plus fort. Malgré les ordres, plusieurs esclaves refusaient maintenant de travailler. Leurs gardiens, qui ne savaient plus quoi faire, les menaçaient en hurlant.

Le mouvement de résistance s'étendit rapidement. Ainsi, lorsque Braal, Élée et Chrysalide sortirent de l'édifice, environ la moitié des esclaves avaient abandonné leur travail. Ils ne bougeaient plus. Braal jeta à ses compagnes un regard complice.

Chrysalide, quant à elle, était préoccupée par quelque chose de plus. Elle percevait la présence des géants de neige avec une précision inhabituelle. Plus que jamais, elle avait la certitude que ces êtres étaient d'une certaine façon leurs alliés. Elle les percevait non pas à proximité, mais en elle. Ce n'était pas une sensation désagréable, au contraire. Cette présence avait fait disparaître toutes ses peurs.

Elle souhaita que les géants intervien-
nent, maintenant que les esclaves avaient
décidé d'agir à leur tour. Chrysalide
concentra toute son énergie sur un seul
objectif: communiquer avec ces êtres. Elle
sentit aussitôt son corps vaciller et son esprit
s'obscurcir.

Pendant que les soldats commençaient à
bousculer les esclaves, des colonnes de
neige tourbillonnante s'élevaient un peu
partout. L'une d'elles cessa de tournoyer,
tandis que sa forme épousait de plus en plus
celle d'un corps humain. La même trans-
formation s'opéra ensuite sur les autres
colonnes. Puis deux taches vertes devinrent visibles sur leur partie supérieure.
Tous avaient reconnu les êtres de neige.

Un soldat braqua son arme et tira. Le
faisceau de lumière frappa un géant qui
disparut. Les militaires se mirent alors tous
à tirer, parfois à plusieurs sur la même cible.
Les géants s'effaçaient aussitôt touchés,
mais d'autres semblables surgissaient
instantanément ailleurs.

L'inégalité des forces en présence deve-
nait plus évidente de seconde en seconde.
Chaque rayon de lumière frappant une cible
provoquait maintenant l'apparition de deux

ou trois êtres supplémentaires. Curieusement, les géants ne répondaient aux tirs par aucun geste agressif. Plusieurs gardiens, fatigués, avaient abandonné la partie et ne tiraient plus.

Écartant Élée qui la maintenait debout, Chrysalide leva lentement les bras. Ses deux amis l'observaient sans comprendre. Elle avait fermé les yeux et son visage montrait le même calme que lorsqu'elle dormait. Son bras droit se dressa vers le ciel. Et soudain, juste au-dessus d'elle, une sorte de nuage apparut en grondant. Ceux qui se trouvaient près de Chrysalide perçurent un indéfinissable changement dans l'air. Ils devinèrent que le nuage était comme un ouragan monstrueux sur le point d'éclater. La plupart se jetèrent à plat ventre pour éviter d'être emportés lorsque le vent se déchaînerait. Rien de tel toutefois ne se produisit. À la place, une voix puissante mais harmonieuse se fit entendre, noyant tout autre son. C'était Chrysalide qui parlait et sa voix était prodigieusement amplifiée.

— Nous vous suggérons de jeter vos armes. Elles sont inutiles contre nous. Jetez-les, nous ne vous ferons aucun mal.

La tempête avait pris fin subitement.

Dans le ciel, la masse tourbillonnante continuait à gronder. Les géants de neige formaient à présent un cercle complet autour de la base. Le commandant demanda à ses hommes de continuer à tirer. Plusieurs lui désobéirent.

Le combat venait de reprendre lorsque le nuage au-dessus de Chrysalide se mit à grossir. Des tornades effilées s'en échappèrent et se promenèrent sur la base en effleurant les soldats. Quand elles s'éloignèrent, toutes les armes avaient disparu avec elles. Chrysalide reprit la parole de sa voix tranquille mais ferme:

— Certains d'entre vous veulent faire de cette planète un lieu de mort et de destruction. Nous ne voulons pas qu'il en soit ainsi. Nous vivons ici depuis très longtemps et nous sommes bien ensemble. Vos projets de guerre n'ont pas leur place ici.

Dominant sa crainte, Braal demanda:

— Qui êtes-vous? À qui Chrysalide prête-t-elle sa voix? Vous affirmez habiter Blizzard depuis longtemps. Or, aucune trace de vie n'a jamais été décelée sur cette planète.

— Vous avez fait un long voyage jusqu'ici parce que vous refusez la guerre.

Cela nous plaît. Quant à votre question: vous n'avez jamais soupçonné notre existence auparavant, parce que vos instruments de détection sont imparfaits. Votre conception de la vie est trop étroite.

— Alors, quelle est votre forme de vie à vous? Vous apparaissez et disparaissez comme bon vous semble. Les armes ne produisent aucun effet sur vous.

— Ces êtres gigantesques autour de vous ne sont qu'une apparence. Nous nous sommes montrés ainsi pour faire peur au personnel de cette base, dans l'espoir qu'il s'en ira.

— Si ces géants ne sont qu'une apparence, à quoi ressemblez-vous? Où êtes-vous? Pourquoi vous cachez-vous?

— Nous ne nous cachons pas. Nous sommes là, autour de vous. Vous nous voyez depuis que vous êtes arrivés sur cette planète.

Comme les autres, Braal promena son regard aux alentours.

— J'y suis! s'écria-t-il. Vous êtes la neige! Rien d'autre que la neige!

— C'est exact. Ou plus précisément, notre espèce a l'aspect de ce que vous appelez la neige.

Une vague de murmures étonnés se déploya sur la base. Le commandant, captivé comme tous les autres, se contentait d'écouter.

— Mais comment êtes-vous constitués? fit Braal. Votre espèce est-elle composée d'individus?

— Cette neige se compose d'une quantité infinie d'êtres ressemblant pour vous à des cristaux. Chaque cristal est vivant.

— Voilà donc pourquoi la neige ne fond pas!

— Il y a longtemps, poursuivait la voix, nous étions comme la plupart d'entre vous: prisonniers de notre solitude. Chacun d'entre nous ne vivait à peu près que pour lui-même. Nous étions malheureux, nous connaissions la haine et la guerre. Nous avons même failli nous détruire les uns les autres. Alors, devant ce risque de disparition complète, il nous a fallu changer notre façon d'être. Aujourd'hui, nous ne sommes plus seuls. Nous vivons ensemble. Les tempêtes de cette planète expriment notre joie d'être tous réunis.

— Et lorsque le Pacte est venu ici, vous avez entrepris de l'empêcher de s'installer?

— Il le fallait. Nous avons empêché

les gens de travailler en immobilisant leurs appareils et en nous infiltrant partout.

Le commandant dit avec colère:

— En agissant ainsi, vous vous êtes fait des ennemis puissants. Si vous pensez que le Pacte a dit son dernier mot, vous vous trompez. Cette planète nous appartient. Vous serez éliminés jusqu'au dernier.

— Nous reconnaissons bien là le langage de la haine, car nous l'avons déjà tenu par le passé. Vous ne pensez qu'à vous battre et à conquérir. Un jour peut-être, comme nous, vous aurez un choix à faire: vous détruire ou changer.

Autour de la base, les géants de neige s'effacèrent un à un.

— Le mieux pour vous serait de quitter cette planète, dit la voix. Laissez-nous vivre en paix.

Sur ces paroles, le nuage s'effilocha dans toutes les directions. Des flocons de neige commencèrent à tomber doucement. C'était un spectacle jamais vu sur Blizzard. Les bourrasques auxquelles chacun était habitué ressemblaient déjà à un mauvais rêve. La vue des flocons de neige amenait une telle sensation de calme que personne encore n'osait bouger.

Puis quelques prisonniers comprirent soudain que, sans armes, les militaires ne pouvaient plus les retenir. Des soldats reçurent des coups, d'autres coururent vers les bâtiments. L'agitation naissait, nourrie par une colère accumulée depuis des mois. Lorsque la voix résonna à nouveau, le mouvement cessa:

— Puisque vous tenez tant à vous battre entre vous, pourquoi ne pas le faire dans un autre lieu? Vous avez un système de communication qui relie cette base à l'espace. Durant la prochaine heure, il sera perturbé par nos mouvements dans l'atmosphère. Pour ceux qui étaient retenus prisonniers, ce sera l'occasion idéale de partir.

Un peu à contrecoeur, les esclaves laissèrent aller les militaires. Chrysalide ouvrit les yeux, cligna des paupières, chancela. Braal et Élée la soutinrent. Elle observa ses compagnons avec incrédulité, d'un regard qui n'avait jamais été aussi bleu.

— La base dispose sûrement d'une quantité suffisante de vaisseaux pour nous emporter tous, dit Braal. Il ne faut toutefois pas oublier la flotte du Pacte qui patrouille dans l'espace non loin d'ici. Nous allons donc repartir vers la zone inconnue.

Les armes entreposées dans la résidence s'avérèrent mystérieusement inutilisables. Ainsi, les soldats ne purent empêcher les esclaves de prendre place dans les vaisseaux. Cinq appareils décollèrent de Blizzard et mirent le cap sur la zone inexplorée. Braal, Élée et Chrysalide se trouvaient dans celui de tête.

*   *   *

— Je crois que tout danger est écarté, dit Élée qui pilotait. Blizzard est loin derrière nous. Impossible pour les patrouilles du Pacte de nous rejoindre avant la zone inexplorée.

Les esclaves qui accompagnaient le trio dans le poste de pilotage lancèrent des cris de joie. Ils sortirent pour annoncer la nouvelle aux autres passagers. Bientôt, des acclamations retentirent d'un bout à l'autre du vaisseau. Les prisonniers maintenant libres exprimaient leur plaisir de mille façons: par le rire, par les taquineries, par les blagues. Certains même pleuraient.

Braal était parvenu à joindre par radio leurs compagnons demeurés sur Weena.

Les images prises par Élée avaient bien été enregistrées. Des stations de télévision les diffuseraient le soir même. L'événement aurait sans doute un impact considérable. D'autant plus que les travaux sur Blizzard étaient totalement paralysés.

— Voilà qui est bien, dit Braal avec satisfaction. Non seulement la base ne sera jamais achevée, mais en plus tous ces prisonniers sont libres désormais.

— Libres, c'est vite dit, fit Élée. Reste à savoir comment on s'en tirera une fois sortis de la zone inconnue. Les Serviteurs du Pacte ne nous laisseront pas revenir chez nous à notre guise.

— Parfaitement exact. Heureusement, nous avons tout le voyage pour réfléchir à ce problème.

La fumée s'échappant de la pipe de Braal flottait dans la cabine.

— Je pense à mon contact avec les habitants de Blizzard, dit Chrysalide. J'étais consciente de tout pendant qu'ils parlaient à travers moi. Ce que j'ai éprouvé alors est indescriptible. Le bien-être et la paix étaient en moi, jusqu'au noyau de chacune de mes cellules.

— Il est possible que vous retrouviez

cette sensation un jour, dit Braal. Et sans avoir à retourner sur Blizzard.

— Vous voulez dire: le jour où la galaxie vivra en paix?

— Ce jour-là, oui.

Élée se permit un commentaire moins optimiste:

— Mon cher Braal, les planètes et les individus qui les peuplent n'en sont pas là. Ils ont encore un formidable bout de chemin à faire.

Face à l'écran principal, le regard perdu dans la contemplation de l'espace, Braal dit lentement:

— Pour tous les êtres qui vivent dans cet univers, il restera toujours un bout de chemin à faire. Toujours.

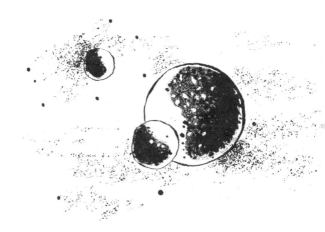

Achevé d'imprimer
sur les presses de Litho Acme Inc.
1er trimestre 1990